Liu Zongyuan

Am Törichten Bach

Prosa und Gedichte

Aus dem Chinesischen von Raffael Keller

Die Gedichte übertrugen
Jürgen Theobaldy und Raffael Keller

Friedenauer Presse Berlin

Einführung

Im vierten Jahr der Ära Yuanhe – in der christlichen Welt schreibt man das Jahr 809 – steigt der in den äußersten Süden des chinesischen Tang-Reiches strafversetzte Literatenbeamte Liu Zongyuan (773–819) auf den Westberg bei Yongzhou und gibt sich der atemberaubenden Rundsicht hin, die sich ihm vom Gipfel bietet. Ein halbes Jahrtausend vor Francesco Petrarcas Besteigung des Mont Ventoux bildet dieses befreiende Erlebnis den Auftakt zu einer Reihe von Streifzügen, die Liu Zongyuan zu den Naturschönheiten in der Region unternimmt und in meisterhaften Prosaminiaturen festhält. Liu, der mit seinen „Acht Aufzeichnungen aus Yongzhou" die Gattung des literarischen „Reiseberichts" (*youji*) begründete, begnügt sich darin nicht mit der bloßen Schilderung der landschaftlichen Zierden seines Verbannungsortes, sondern tritt als Gestalter und Interpret der Natur auf, der durch seine höchst subjektiven Deutungen und ästhetischen Eingriffe dem Niemandsland am Rande der Zivilisation seine persönliche Handschrift aufprägt. Die Landschaft wird zum Spiegel der Seele des Dichters, der zwar Trost findet in der Natur, aber auch seinen Kummer, seinen Unmut über die Verbannung und seine Kritik am Zeitgeist mit zuweilen sarkastischem Unterton in den Formenreichtum der südchinesischen Topographie transponiert. Der Dichter erklärt die Landschaft zu seiner Verbündeten, deren Vorzüge in der Wildnis fern vom Zentrum der Welt ebenso unbeachtet bleiben und nutzlos erscheinen müssen wie jene ihres geächteten Entdeckers.

Stilbildend wurden auch Liu Zongyuans lehrhafte Fabeln und Gleichnisse – satirisch zugespitzte Kommentare zu den politischen Machenschaften seiner Zeit, in denen Liu Zongyuans Forderung, daß die Literatur der „Erhellung des Dao" zu dienen habe, ihre vollendete Form findet.

Liu Zongyuan wurde neben seinem Freund Han Yu (768–825) zum herausragenden Wegbereiter einer eigentlichen Renaissance der Prosaliteratur. Gegen den etablierten, aber in Oberflächlichkeit und gezierten Formalismen erstarrten „Parallelstil" (*pianwen*) propagierten Liu und Han eine ungekünstelte, frei fließende Schreibweise, die sich an der „Alten Literatur" (*guwen*), d. h. an den großen Stilisten der Han- und Vor-Han-Zeit wie dem daoistischen Philosophen Zhuangzi (um 300 v. Chr.) oder dem Geschichtsschreiber Sima Qian (um 145–86 v. Chr.) orientierte, aber auch umgangssprachliche Elemente in sich aufnahm. Im Herzen Konfuzianer, zeigte sich Liu Zongyuan, anders als etwa Han Yu, auch offen gegenüber buddhistischem Gedankengut und ließ sich von religiöser Lehrdichtung und volkstümlichen Erzähltraditionen zu seinen unmittelbar der eigenen Lebenswelt entnommenen Stoffen inspirieren. Seiner Überzeugung nach durfte die Literatur in einer Zeit, in der sich nach den verheerenden Kriegswirren der An-Lushan-Rebellion (755–763) der Niedergang der Tang-Dynastie (618–907) allmählich abzuzeichnen begann, nicht zu leerem, sprachakrobatischem Blendwerk verkommen, sondern hatte die Aufgabe, den Menschen und insbesondere den Lenkern des Staatswesens den richtigen, moralisch vertretbaren Weg aufzuzeigen. Lius Innovationsfreude wurde ihm in der Politik jedoch zum Verhängnis: Nach einer glänzenden Karriere am Kaiserhof führte die Teilnahme an einer vereitelten Reform im Jahr 805 zu seiner Verbannung, zunächst als Marschall in die Präfektur Yong (Yongzhou, im Süden der heutigen Provinz Hunan), später als Präfekt ins noch weiter südlich gelegene Liuzhou (Provinz Guangxi), wo er 819 starb. Han Yus Grabschrift, die den Lebenslauf des Verstorbenen skizziert (siehe S. 27), gilt selbst wiederum als Meisterstück der *Guwen*-Prosa.

Neben seinem umfangreichen und äußerst vielfältigen Prosawerk hinterließ Liu auch Gedichte, in denen er für die Einsamkeit des Verbannten eindringliche, oftmals unkonventionelle Bilder findet und seinen Hoffnungen verschlüsselt Ausdruck verleiht. So symbolisiert der ‚Tau' im Gedicht *Nachts aufgestanden* die ersehnte kaiserliche Gnade, denn Liu verwendet hier ein Wort, welches auch den Perlenschmuck an der Kopfbedeckung des Kaisers umschreibt. In *Am Bach daheim* weckt der letzte Vers Assoziationen an das Schicksal des legendären Dichters und Staatsmanns Qu Yuan, der um 300 v. Chr. im südchinesischen Königreich Chu wirkte, jedoch bei seinem Herrscher in Ungnade fiel und daraufhin in einer berühmten, in der Sammlung der *Lieder aus Chu* überlieferten Elegie sein Leid klagte. Als Urbild des integren, aber unverstandenen Staatsdieners wurde Qu Yuan zur Identifikationsfigur für Generationen von Gelehrten und besonders auch für Liu Zongyuan, dessen Verbannungsort im ehemaligen Gebiet des Chu-Reiches lag.

Grundlage der vorliegenden Übersetzung bildet die vierbändige Gesamtausgabe *Liu Zongyuan ji* (Peking, 1979).

Am Bach daheim

Lange von Hutband und Spange beengt,
nun glücklich verbannt, zu den Wilden im Süden.
Müßig weile ich beim Nachbarn am Gatter,
gleiche auch dem Gast der Berge und Wälder.

Am Morgen wendet der Pflug das taunasse Gras,
nachts plätschern die Ruder beim Felsen im Bach.
Wohin ich auch gehe, nirgends begegnet ein Mensch mir.
Lange singe ich in den tiefblauen Himmel von Chu!

Sommerbild aus dem Stegreif

Von der feuchten Hitze der Provinz
 im Süden trunken,
schlief ich am Schreibtisch ein,
 das Fenster offen gegen Nord.
Wie ich am Mittag zu mir komme,
 ist kein Laut zu hören –
bis auf den Tempeldiener hinterm Bambus,
 der Tee zerstampft im Mörser.

Acht Aufzeichnungen aus Yongzhou

Als ich den Westberg entdeckte und dort lustwandelte

Seit ich ein bestrafter Mann bin, lebe ich in dieser Provinz und werde häufig von Ängsten geplagt. Wann immer ich aber Muße habe, mache ich mich gelassen auf den Weg und unternehme ausgedehnte Wanderungen. Jeden Tag besteige ich mit meinen Begleitern hohe Berge, dringe in tiefe Wälder ein und erkunde gewundene Wasserläufe. Ob verborgene Quellen oder bizarre Felsen, nichts liegt uns zu fern. Am Ziel angekommen, glätten wir das Gras, setzen uns nieder und leeren den Krug, bis uns Trunkenheit umfängt. Trunken dienen wir einander als Kopfkissen, liegen da und träumen. Wohin der Sinn reicht, dort streben auch die Träume hin. Kaum erwacht, erheben wir uns wieder und treten den Heimweg an. So glaubten wir, bereits alle landschaftlichen Besonderheiten dieser Provinz zu kennen, doch wußte ich noch nichts von der Eigenart des Westberges.

Am 28. Tag des neunten Monats dieses Jahres, als ich im Westpavillon des Tempels zur Dharmablüte saß, blickte ich zum Westberg und bemerkte erstmals dessen Besonderheit. Sogleich befahl ich meiner Dienerschaft, den Xiang zu überqueren, dem Ran-Bach zu folgen, das Gehölz zu fällen und das Gestrüpp zu verbrennen, bis der höchste Punkt des Berges erreicht war. Wir kletterten empor, setzten uns in gelöster Haltung hin und ließen unsere Blicke schweifen. Die Erde mehrerer Provinzen lag nun weit unter unseren Matten. Die emporragenden und abfallenden Formen, schroffe Furchen und tiefe Kuhlen bildend, sahen aus wie Ameisenhaufen oder Erdlöcher. Tausend Meilen lagen in einer Handspanne. Eng zusammengedrängt gab es nichts, das sich verborgen hielt. Grün und Weiß zwirnten und schlängelten sich ineinander, bis sie weit draußen den Himmel berührten. Rundum faßte der Blick alles in eins. Da erkannte ich die einzigartige Lage dieses Berges, der nicht von der Art niedriger Hügel war. Weites Weilen beim reinen Äther, ohne dessen Grenze zu erreichen! Unermeßliches Wandeln beim Schöpfer, ohne zu wissen, wo sein Erschaffen endet! Ich nahm den Becher und trank in vollen Zügen, fiel betrunken zu Boden und gewahrte nicht, daß die Sonne unterging. Nachtfarben zog die Abenddämmerung von fern herauf, bis nichts mehr zu sehen war, und doch war mir nicht nach Rückkehr zumut. Der Geist sammelte sich, die Gestalt löste sich auf, dunkel in die zehntausend Wandlungen eingehend. Da wußte ich, daß ich bisher noch nicht gewandert war, daß mein Wandern damit erst begann, weshalb ich es mit dieser Schrift zum Ausdruck brachte. Im selben Jahr, dem vierten der Ära Yuanhe [809].

Der Plätteisenteich

Der Plätteisenteich befindet sich westlich des Westberges. Seinen Anfang hat er in den Wassern des Ran, welcher ihn von Süden heraneilend speist und da, wo er auf die Felsen der Berge stößt, in Krümmungen nach Osten fließt. Sein Lauf wird dabei immer steiler, die tosenden Fluten werden immer reißender und fressen sich in die Ufer, wodurch sein Bett sich weitet und die Mitte tiefer wird, bis er schließlich auf Felsen trifft, die ihm Einhalt gebieten. Schäumend bildet er Wirbel und strömt dann gemächlich weiter, klar und glatt eine Fläche von über zehn Mu bedeckend. Bäume umgeben den Teich, und ein kleiner Wasserfall ziert seinen Rand.

Am Teich wohnte einer, und weil ich auf meinen Wanderungen häufig hierher kam, klopfte er eines Tages an meine Tür und erklärte: „Die staatlichen Steuern und privaten Schulden wachsen mir über den Kopf. Vor kurzem habe ich Land in den Bergen urbar gemacht und den Wohnort gewechselt. Die Felder am Teich möchte ich gerne verkaufen, um Unheil abzuwenden." Erfreut ging ich auf den Handel ein. Dann erhöhte ich die Terrasse, verlängerte die Einzäunung und leitete den Wasserfall über die Höhe direkt in den Teich, sodaß es einen plätschernden Laut gab. Der Ort ist wie geschaffen für die Betrachtung des Mondes zum Mittherbstfest, da sich dem Auge dort die Höhe des Himmels und die Weite des Äthers eröffnet.

Was könnte mir Freude bereiten, in der Barbarei zu leben, und ließe mich die Heimaterde vergessen, wenn nicht dieser Teich?

Plätteisen im alten China ähnelten in der Form einer langstieligen Bratpfanne und wurden mit Holzkohlen gefüllt. Zum *Ran*-Bach siehe das „Vorwort zum Gedicht vom Törichten Bach".

Zum Mondfest oder *Mittherbstfest* am 15. des achten Monats findet traditionsgemäß die ganze Familie zusammen, um vollzählig den vollen Mond zu bewundern.

Mit dem letzten Satz spielt Liu Zongyuan auf eine Stelle in den Gesprächen des Konfuzius an, wo Konfuzius in seiner Enttäuschung darüber, daß er seinen Weg in den mittleren Staaten nicht verwirklichen konnte, den Wunsch äußert, sich bei den Neun Barbarenstämmen niederzulassen: „Jemand sagte darauf: ‚Die sind doch so hinterwäldlerisch. Was will er mit denen?' Konfuzius meinte aber: ‚Wenn ein Edler dort lebt, wie könnte es da noch Hinterwäldler geben?'"

Der kleine Hügel westlich des Plätteisenteiches

Acht Tage nachdem ich den Westberg entdeckt hatte, war ich zweihundert Schritte dem Paßweg in Richtung Nordwesten gefolgt, worauf ich den Plätteisenteich entdeckte. Fünfundzwanzig Schritte westlich des Teiches, wo die Strömung stark und das Wasser tief ist, hat man einen Damm zum Fischfang errichtet. Über dem Damm erhebt sich ein Hügel, mit Bambus und Bäumen bewachsen. Felsen brechen in allen Winkeln aus der Erde empor und wetteifern um bizarre Formen, die sich kaum noch zählen lassen. Jene, die wie aneinandergekettet steil in die Tiefe stechen, gleichen Ochsen und Pferden, die sich am Bach tränken. Jene, die wie aufgereihte Hörner jäh in die Höhe ragen, sehen aus wie Bären, die auf einen Berg klettern. Der ganze Hügel ist nicht einmal ein Mu groß. Man könnte ihn bequem in einen Käfig stecken. Ich fragte nach dem Eigentümer und bekam zur Antwort, es sei aufgegebenes Land einer Familie Tang, das sie bisher niemandem verkaufen konnte. Als ich nach dem Preis fragte, hieß es: „Nicht mehr als vierhundert." Der Hügel hatte es mir angetan, und ich kaufte ihn. Li Shenyuan und Yuan Keji waren damals meine Begleiter und beglückwünschten mich freudig zu dieser unverhofften Gelegenheit. Sogleich holten wir Geräte, beseitigten das Unkraut, fällten die schlechten Bäume und entzündeten ein großes Feuer damit. Nun standen die edlen Bäume aufrecht, der schöne Bambus wurde sichtbar und die besonderen Steine kamen zur Geltung. Blickt man aus ihrer Mitte in die Ferne, dann bieten sich einem die Höhe der Berge, das Treiben der Wolken, das Strömen des Baches und das Streifen der Tiere in der heiteren Anmut ihrer Kunst und ihres Geschicks dar, auf daß sie am Fuße dieses Hügels ihre Wirkung entfalten. Bettet man sich dort nieder, dann kommt die klare Kühle der Formen mit dem Auge überein, der gurgelnde Laut des Wassers kommt mit dem Ohr überein, die müßige Leere mit dem Geist und die unergründliche Stille mit dem Herzen. In weniger als zehn Tagen gleich zwei außergewöhnliche Orte zu erlangen, dahin sind wohl selbst die vorwitzigen Gelehrten des Altertums nicht gekommen.

Ach! Würde man die Pracht dieses Hügels nach Feng, Hao, Hu oder Du verfrachten, würden sich die adligen Müßiggänger um dessen Kauf streiten und seinen Preis täglich um tausend Jin in die Höhe treiben, so daß er in immer unerreichbarere Fernen rückte. Nun wurde er aber in diese Provinz geworfen, wo Bauern und Fischer an ihm vorübergehen und keines Blickes für würdig halten, so daß er selbst bei einem Preis von vierhundert über Jahre hinweg keinen Käufer fand. Daß ich mich mit Shenyuan und Keji ganz allein an ihm erfreuen kann, ist wahrlich eine glückliche Fügung! Ich schrieb dies auf einen Stein, um dem Hügel damit zu seinem Glück zu gratulieren.

Der Name *Tang* der ominösen Familie, die ihr Land aufgegeben hat, ist identisch mit dem Namen der herrschenden Dynastie, deren Kaiser Xianzong (reg. 805–820) Liu Zongyuans Verbannung veranlaßt hatte.

Feng, *Hao*, *Hu* und *Du* waren die Naherholungsgebiete der Hauptstadt Chang'an (heute Xi'an), wo die Reichen ihre Landsitze hatten.

Zum kleinen Felsweiher im Westen des kleinen Hügels

Vom kleinen Hügel ging ich hundertzwanzig Schritte nach Westen, als ich durch einen Bambushain ein Wassergeräusch hörte wie klingende Jadegehänge, daß sich in meinem Herzen Freude regte. Ich schlug mir durch den Bambus einen Weg und blickte auf einen kleinen Weiher mit eisklarem Wasser hinab. Sein Grund war ganz aus Fels, und gegen die Ufer hin lagen faustgroße Steine, die als Inseln und Klippen, Riffe und Kämme aus dem Wasser ragten. Grüne Bäume waren mit smaragdenen Ranken zu schattig sich wiegendem Blätterwerk verwoben, das im Luftzug raschelte und flirrte. Im Weiher gab es an die hundert Fische, die gleichsam ohne jeden Halt im leeren Raum zu schweben schienen. Das Sonnenlicht drang durchs Wasser bis auf den Grund und warf ihre Schatten auf den Stein. Wie beglückt verharrten sie regungslos, um dann mit einem Mal weit davonzuschnellen. Flink schossen sie hin und her, als freuten sie sich mit dem Wanderer.

Wenn man vom Weiher nach Südwesten blickt, schlängelt sich der Wasserlauf wie das Sternbild des Großen Scheffels dahin, mal dort aufleuchtend, mal da sich dem Blick entziehend. Die Ufer sind wie das Gebiß eines Hundes ineinander verzahnt. Sein Ursprung ist nicht auszumachen. Ich setzte mich an den Weiher, rundherum von Bambus und Bäumen umschlossen. Die vollkommene Ruhe dieses menschenverlassenen Ortes ließ den Geist erschauern, und die Kälte drang bis auf die Knochen. Eine trostlose Stimmung umfing einen in der verwunschenen Tiefe dieser Einsamkeit. Die kühle Reinheit der Szenerie war so stark, daß ich nicht länger bleiben konnte, dies aufzeichnete und ging.

Meine Begleiter waren Wu Wuling, Gong You und mein jüngerer Bruder Zongxuan. Als Diener folgten uns zwei Burschen des Herrn Cui mit Namen Shuji und Fengyi.

Liu spielt hier auf eine berühmte Anekdote des daoistischen Philosophen Zhuangzi (um 300 v. Chr.) an:

Zhuangzi bummelte mit Huizi über einen Deich am Flusse Hao. Zhuangzi sagte: „Wie sich die flinken Fische so unbekümmert im Wasser tummeln, das ist die Freude der Fische."

Huizi sprach: „Ihr seid kein Fisch, woher kennt Ihr die Freude der Fische?"

Zhuangzi sprach: „Ihr seid nicht ich, woher wißt Ihr, daß ich die Freude der Fische nicht kenne?"

Huizi sprach: „Ich bin nicht Ihr, so habe ich sicherlich kein Wissen um Euch; da Ihr aber sicher kein Fisch seid, könnt Ihr auch nicht um die Freude der Fische wissen, das ist die ganze Wahrheit."

Zhuangzi sagte: „Kehren wir bitte zur Wurzel zurück. Ihr fragtet mich, woher ich die Freude der Fische kenne. Indem Ihr dies sagtet, wußtet Ihr bereits, daß ich sie kenne und fragtet mich trotzdem, woher. Hier am Hao ists, woher ich sie kenne!"

Der He *der Familie Yuan*

Wer auf dem Ran-Flüßchen zehn Li in südwestlicher Richtung fährt, findet fünf lohnende Landschaften, allen voran den Plätteisenteich. Wer von der Flußmündung über Land nach Westen geht, findet acht oder neun, allen voran den Westberg. Wer vom Chaoyang-Felsen auf dem Wasser nach Südosten bis zum Wu-Fluß fährt, findet deren drei, allen voran den *He* der Familie Yuan. All dies sind einzigartige Orte in Yong von berückender Schönheit.

Im Dialekt des Gebietes zwischen Chu und Yue nennt man die Verzweigungen eines Gewässers *he*, ausgesprochen wie das *he* von *yihe* [„grobes Kleid"]. Die obere Verbindung des He liegt bei der hohen Wand von Nanguan, die untere bei der Baijia-Schnelle. Dazwischen windet er sich durch ein Labyrinth von Sandbänken und kleinen Bächen, klaren Becken und seichten Auen. An den flachen Stellen ist er tiefschwarz, an den steilen schäumend weiß. Im Boot sitzend meint man eben noch an sein Ende gelangt zu sein, da tut sich plötzlich wieder grenzenlose Weite auf. Mitten im Wasser erhebt sich ein kleiner Berg, ganz aus schönen Felsen bestehend und zuoberst von grünen Hölzern bewachsen, die winters wie sommers dicht belaubt sind. An seinen Seiten öffnen sich zahlreiche Grotten, sein Fuß ist von weißen Kieseln bedeckt. An Bäumen wachsen dort vor allem Ahorne, Südhölzer, Glanzmispeln, Pian-, Zhu-, Kampfer- und Teakbäume. An Blumen gibt es Orchideen, Engelwurz und ein seltsames Gewächs, ähnlich der Seidenfäden-Albizzie, aber in Ranken wachsend und die Felsen im Wasser überwuchernd. Jeder Windstoß, der von den Bergen der Umgebung herniederfährt, schüttelt die mächtigen Bäume, biegt die vielen Gräser nieder, läßt rote, grüne Blätter rascheln, weht träge Düfte in die Luft, wühlt Wellen auf, treibt Wirbel her, kehrt ins enge Tal zurück, schaukelt schwere Zweige noch, mit dem Zeitenwandel gehend. So verhält es sich im großen und ganzen, ich vermag es nicht erschöpfend zu beschreiben.

Die Menschen von Yong sind nie hier gewandert. Obwohl ich diesen Ort entdeckt hatte, wagte ich es nicht, ihn für mich allein zu behalten, und trat heraus, um ihn der Welt zu überliefern. Eigentümer des Bodens ist eine Familie Yuan, daher der Name.

Der Felskanal

Vom He ging ich nach Südwesten und erreichte nach knapp hundert Schritten einen Felskanal, über den das Volk einen Steg gebaut hatte. Ein Quell entspringt dort in dunkler Tiefe. Sein Geräusch dringt mal mächtiger, mal dünner ans Ohr. Die Breite des Kanals beträgt mancherorts nur wenige Cun, an anderen Stellen mehrere Chi. Er erstreckt sich über eine Länge von etwa einem Dutzend Schritten. In seinem Lauf trifft er auf einen großen Felsbrocken und duckt sich darunter hinweg. Den Felsen überwindend ging ich weiter und gelangte zu einem kleinen im Stein ausgewaschenen Becken, von Kalmus-Schilf überwachsen und von frischem grünen Moos eingefaßt. Danach macht der Kanal einen Knick nach Westen, fließt an unterhöhlten Klippen vorbei in die Tiefe und stürzt nördlich in einen kleinen Teich. Der Teich hat eine Ausdehnung von weniger als hundert Chi, seine klaren Tiefen bergen viele Fische. Dann mäandert er weiter nach Norden, sich dem spähenden Blick scheinbar ins Endlose entziehend, doch mündet er schließlich in den He. Seine Ufer säumen überall bizarre Felsen und eigenartige Bäume, merkwürdige Gräser und schöner Bambus. Man kann sich in ihren Schatten setzen und ausruhen. Ein Wind wiegte ihre Wipfel und ein harmonischer Klang vibrierte in der Schlucht. Als ich aufblickte, war es wieder still, und der Klang erhob sich in der Ferne von neuem.

Ich erhielt das Land vom Präfekten, entfernte die hinderlichen alten Hölzer und befreite den Bach von Erde und Steinen. Erstere türmte ich auf und verbrannte sie, letztere hob ich aus und häufte sie an anderen Stellen. Da ich es bedauerte, daß noch niemand darüber berichtet hatte, verfaßte ich einen Bericht über seine Lage, den ich den Leuten übergab und an der Nordseite einmeißeln ließ, um späteren Neugierigen die Suche danach zu erleichtern. Am achten Tag des ersten Monats im Jahre Sieben der Ära Yuanhe [812] bereinigte ich den Felskanal bis zum großen Fels. Am Ersten des zehnten Monats stieg ich über den Fels hinweg und fand das Steinbecken und den kleinen Teich. Erst da hatte ich die Schönheit des Kanals ausgeschöpft.

Die Felsschlucht

Gleich nach der Erkundung des Felskanals ging ich über die Brücke aufwärts nach Nordwesten und auf der Schattenseite des Hügels wieder hinab. Dort hat das Volk eine weitere Brücke errichtet, über einen Wasserlauf, der um einen Drittel größer ist als der Felskanal. Zusammenhängende Felsen bilden den Grund. Sie reichen bis an beide Ufer hinan, gleichsam Schlafstätten oder Hallen formend, wie Sitzmatten ausgelegt oder dunkle Gemächer umgrenzend. Das Wasser ist ebenmäßig darübergebreitet, wie gewirkte Seide strömend und wie Zitherspiel klingend. Wir rafften unsere Kleider und gingen barfuß hinein, brachen Bambuswedel ab, wischten das Laub weg und entfernten das verfaulte Holz, sodaß Platz wurde für achtzehn oder neunzehn Klappstühle, auf die wir uns setzten. Das ineinanderfließende Wasser, sein gurgelnder Laut, alles bot sich zu Füßen unserer Sitze dar; das smaragdgrüne Gefieder der Bäume und die drachenschuppenartigen Felsen spendeten gleichmäßigen Schatten. Ob sich von den Menschen des Altertums einst jemand hier erfreut hatte? Wird es unter jenen, die später hierher kommen werden, jemanden geben, der meinen Fußstapfen zu folgen vermag? Dieser Tag, der ganz nach meinem Sinn war, war derselbe wie jener, an dem ich den Felskanal erkundet hatte.

Wer vom He herkommt, gelangt zuerst zum Felskanal und dann zur Felsschlucht. Wer von der Baijia-Schnelle herabkommt, gelangt zuerst zur Felsschlucht und dann zum Felskanal. Was sich von der Schlucht erkunden läßt, nimmt im Südosten des Steinwall-Dorfes seinen Ausgang, dazwischen gibt es viel, das Freude bereitet. Der obere Abschnitt verliert sich in zerklüfteten Bergen und undurchdringlichen Wäldern, das Gelände wird immer schroffer, und der Weg ist so schmal, daß er nicht weiterverfolgt werden kann.

Der Kleine Steinwallberg

Von dort, wo der Weg zum Westberg seinen Ausgang nimmt, ging ich weiter nach Norden, überquerte die Gelbgras-Berge und gelangte auf der anderen Seite an eine Verzweigung. Der eine Weg führte nach Westen. Ich folgte ihm, ohne etwas zu entdecken. Der andere verlief zunächst ein wenig nördlich und bog dann nach Osten ab. Nach kaum vierzig Zhang endete die feste Erde an der Gabelung eines Flusses, dessen Ufer von Felsmassen blockiert war. Diese hatten zuoberst die Form von Zinnen und Firstbalken und an den Seiten wuchs eine Festungsmauer empor, in der sich etwas wie ein Tor öffnete. Ich spähte hinein, sah jedoch nur schwarze Finsternis. Als ich einen kleinen Stein hineinwarf, war tief im Innern ein Wasserlaut zu hören, dessen scharfes Echo erst nach geraumer Zeit erstarb. In einem Bogen gelang es mir, hinaufzusteigen, bis sich mir eine weite Fernsicht bot. Obwohl keine Erde den Boden bedeckte, gediehen dort ansehnliche Bäume und schöner schlanker Bambus, in höchst merkwürdigen Formen und doch gesund und kräftig. Ihre Anordnung und ihr Wuchs machten den Eindruck, als hätte dies ein intelligentes Wesen angelegt.

Ach! Seit langem schon frage ich mich, ob ein Schöpfer existiert. Als ich nun dieses sah, hielt ich es wirklich für möglich. Andererseits erscheint es mir sonderbar, daß er so etwas nicht in den zentralen Provinzen angelegt hat, sondern abseits in diesen Barbarenlanden, wo sich ihm in Tausenden von Jahren keine Gelegenheit bietet, Profit aus seinen Künsten zu schlagen. Folglich war seine ganze Mühe umsonst. Wenn wir davon ausgehen, daß dies nicht die Art eines Gottes ist, würde das heißen, daß er tatsächlich nicht existiert? Der eine behauptet, derartiges diene dem Trost jener Tugendhaften, die hierher verstoßen wurden. Ein anderer meint, die Kräfte des hiesigen Qi bildeten keine großen Männer heraus, sondern allein solche Dinge, weshalb im Süden von Chu die Menschen wenig, die Felsen aber zahlreich seien. Keinem von beiden habe ich je geglaubt.

Vorwort zum Gedicht vom Törichten Bach

Jenseits des Nordufers des Flusses Guan entspringt ein Bach, der nach Osten in den Xiao fließt. Es heißt, eine Familie Ran habe einst dort gewohnt und daher diesem Bach den Namen Ran-Bach gegeben. Andere sagen, daß er sich zum Färben eigne, nach dieser Kraft benannt wurde und darum Ran-Bach heiße. Ich habe mir durch meine Torheit Schuld zugezogen und wurde an den Xiao verbannt, wo mir dieser Bach ans Herz wuchs. Ich folgte ihm zwei, drei Li, bis ich die trefflichste Stelle fand. Dort ließ ich mich nieder. Im Altertum gab es das „Tal des Törichten Fürsten". Nun, da ich also an diesem Bach wohne, dessen Name nicht eindeutig ist, sodaß sich offenbar selbst die Einheimischen darüber streiten, konnte ich gar nicht anders, als ihn umzutaufen, und nannte ihn fortan den Törichten Bach.

An seinem Ufer kaufte ich einen kleinen Hügel, den ich zum Törichten Hügel machte. Vom Törichten Hügel ging ich sechzig Schritte nach Nordwesten, wo ich auf einen Quell stieß, den ich ebenfalls in Besitz nahm und zum Törichten Quell machte. Der Törichte Quell tritt an sechs Stellen am Bergesfuß aus der ebenen Erde, scheint also aufwärts zu fließen. Vereinigt schlängelt er sich nach Süden und bildet den Törichten Graben. Sodann häufte ich Erde auf, reihte Steine aneinander, um ihn an seiner engsten Stelle zu stauen, und legte so den Törichten Teich an. Östlich des Törichten Teichs errichtete ich die Törichte Halle und im Süden den Törichten Pavillon. Im Teich selbst schuf ich eine törichte Insel. Mit erlesenen Bäumen und ungewöhnlichen Steinen besetzt mußten all diese landschaftlichen Kleinode durch mich die Beschämung der Torheit erfahren.

Nun ist das Wasser die Freude des Weisen. Dieser Bach allein muß sich der Torheit schämen, weshalb? Weil er viel zu tief unten fließt, kann er nicht der Bewässerung dienen. Dann stößt er in seinem steilen, raschen Lauf immer wieder an Steine, sodaß kein großes Boot ihn befahren kann. Seine verborgenen Tiefen und seine seichte Enge würdigt der Flutdrache keines Blicks, da er damit nicht Wolken und Regen erzeugen kann. Ohne etwas, das der Welt Nutzen brächte, ist der Bach ganz von meiner Art. Auch wenn ich ihn also beschämenderweise zum Toren gemacht habe, so hat das doch seine Berechtigung. Meister Ning Wu gab sich töricht, als der Staat den Weg verlor. Er war aus Weisheit töricht. Yanzi wich den ganzen Tag nicht von der Stelle wie ein Tor, es war die Torheit eines Erleuchteten. Beide erreichten nicht wirkliche Torheit. Nun traf ich eine Zeit, die im Besitz des rechten Weges ist, und doch verstieß ich gegen die Ordnung und fehlte im Amt. Daher kommt mir keiner an Torheit gleich. Wenn dies so ist, dann kann mir niemand unter dem Himmel diesen Bach streitig machen. Mir allein gebührt es, ihn zu besitzen und zu benennen.

Der Bach ist zwar ohne Nutzen für die Welt, und doch versteht er es glänzend, die zehntausend Arten widerzuspiegeln, glitzernd klar bis auf den Grund, wie Gold und Steine klingend, dem Toren ein glückliches Lächeln voll Zuneigung entlockend, sodaß er vor Freude gar nicht mehr weggehen mag. Obwohl nicht im Verein mit den gemeinen Sitten, finde ich beim Gebrauch der Tusche Trost, in der ich die zehntausend Dinge wasche und die hundert Zustände fasse, sodaß sich nichts entziehen kann. Wenn ich mit törichten Versen meinen törichten Bach besinge, werde ich weit wie Wasser und weiche nicht, verschwimme im Dämmer in eins mit ihm, übersteige das uranfängliche große Gemenge, treibe ins Laut- und Farblose hin, werde still und leer, und niemand ist, der um uns weiß. So machte ich das „Gedicht von den Acht Törichten" und hielt es auf einem Felsen am Bach fest.

Guan und *Xiao* sind Flüsse im Grenzgebiet der heutigen Provinzen Guangxi und Hunan. Der Xiao mündet in Liu Zongyuans Verbannungsort Yongzhou in den Xiang, einen südlichen Zufluß des Yangzi.

Der Familienname *Ran* ist homophon zum Wort für „färben" (*ran*), wird aber mit einem anderen Schriftzeichen geschrieben. Erst die (nicht übersetzbare) schriftliche Fixierung des Bach-Namens wirft also die Frage auf, was er eigentlich bedeutet.

In der Anekdotensammlung *Shuoyuan* des Liu Xiang (77–6 v. Chr.) wird berichtet, wie Fürst Huan von Qi einst auf der Jagd einen Hirsch verfolgte und in ein Bergtal gelangte. Dort begegnete er einem alten Mann. Er fragte ihn, was das für ein Tal sei. Der Mann antwortete: „Dies ist das *Tal des Törichten Fürsten*." Fürst Heng fragte, weshalb es so heiße. Der Mann antwortete: „Ich habe es nach mir benannt."

Ein berühmter Ausspruch des Konfuzius lautet: „*Das Wasser ist die Freude des Weisen*, der Berg die Freude des Sittlichen. Der Weise ist in Bewegung, der Sittliche ist ruhig. Der Weise hat viele Freuden, der Sittliche hat ein langes Leben."

Von *Ning Wu* berichtet ebenfalls Konfuzius: „Ning Wu war weise, solange das Land den rechten Weg besaß, und gab sich töricht, als es vom Weg abkam. In seiner Weisheit können andere ihn erreichen. In seiner Torheit ist er unerreichbar." Es gelang ihm nämlich, durch seine scheinbare Torheit seinen Fürsten zu retten.

Über seinen Lieblingsschüler *Yanzi* (oder Yan Hui) sagte Konfuzius: „Ich redete mit Hui den ganzen Tag; der erwiderte nichts und tat keinen Wank, wie ein Tor. Er zog sich zurück und ich beobachtete ihn beim Alleinsein, da war er imstande, meine Lehren zu entwickeln. Hui ist alles andere als ein Tor!"

Das „Gedicht von den Acht Törichten" (gemeint sind die im zweiten Abschnitt erwähnten acht landschaftlichen Kleinode) ist leider nicht erhalten.

Zur Fährstelle, nachdem es aufgeklart

Der erste helle Streifen nach dem Regen:
Nun endlich fort ins Weite.
Die Sonne steht bald tief im Westen:
Zur Fährstelle hin! Zum Törichten Bach!
Im Fluß das Wasser schon gefallen,
zum Dorf die Pfade liegen frei.
Zerfetzt indes das Bambusfloß,
dort, auf dem hohen Baum!

Nachts aufgestanden

Erwachend höre ich den Tau wie tausend Perlen rieseln,
öffne meine Tür hinaus zum Garten gegen West.
Der kalte Mond im Osten über das Gebirge steigt,
sein bleiches Licht durch lichten Bambus treibt.

Das ferne Rauschen eines Felsenquells wird laut.
Von Zeit zu Zeit ein Vogel in den Bergen schreit.
Am Pfeiler lehnen, bis der Morgen graut.
Was sollen Worte in der Einsamkeit?

Beim Betrachten der Berge mit Hochwürden Hao Chu

Am Meeresrand die spitzen Berge
wie Schwertklingen stehen.
Im Herbst dann sind sie mehr und mehr
mir Stiche in die Eingeweide.
Wie könnte ich es nur erlangen,
zahllos in Körpern aufzugehen
und verteilt auf all den Gipfeln
die alte Heimat sehen!

Fluß im Schnee

Über tausend Bergen ist dahin der Vögel Flug,
auf allen Wegen zugeweht die Spur von Menschen.
Allein im Boot, mit Bastumhang und Bambushut
fischt ein Greis im Schnee aus kalter Flut.

Erwiderung an einen, der mich beglückwünschte

Meister Liu wurde wegen Verfehlungen nach Yongzhou versetzt. Einer, der aus der Hauptstadt kam, sah ihn und sprach: „Ich hörte, daß sich der Meister im Dienst Schuld zugezogen habe und verbannt worden sei. Ich wollte ihm daher meine Anteilnahme ausdrücken. Nun, da ich sein aufgeräumtes Äußeres sehe und erkenne, zu welcher Langmut er fähig ist, wüßte ich keinen Grund mehr, ihn zu bemitleiden, und wage stattdessen, ihn zu beglückwünschen." Meister Liu antwortete: „Wenn er dies wirklich aufgrund meiner äußeren Erscheinung tut, dann ist das in Ordnung, aber wie könnte ich ein derart willenloser Mensch sein? Trübsal zu blasen hilft mir vorderhand nicht weiter auf meinem Weg. Dies allein ist der Grund, weshalb ich so bin. Meine Schuld ist groß, just zu einer Zeit, da der Herrscher mit Milde Ordnung unter die Menschen bringt und das Reich mit Harmonie erfüllt, darum bin ich es zufrieden, hier zu sein. Alles in allem kann ich von Glück reden, verbannt worden zu sein, weshalb sollte ich also trübsinnig sein? Solange ich Beamter am Hof des Himmelssohnes war, hatte ich keine Möglichkeit, meine Pläne offenzulegen, sondern mußte mich Fraktionen anschließen, um mir einen Namen zu machen, lud mir Schmach und Schande auf, und hatte deswegen mit schwersten Strafen zu rechnen. Gibt es etwa einen Menschen, dem diese Gefahren und dieser ständige Kampf nicht den Angstschweiß auf die Stirne treiben? Ich habe in aller Ruhe meine Lage bedacht und meinen eigenen Weg gesucht, und da ich mich weder oben in die herrschende Dynastie einreihen kann, noch unten etwas habe, womit ich meinen Ahnen Ehre erweisen und mich ihren Gräbern nähern könnte, möchte ich einfach ein glückliches Dasein fristen, und hoffe, daß es wenigstens eine Fortsetzung findet und nicht vor die Hunde geht. Dabei lasse ich meinem Herzen freien Lauf und meine Gestalt sich nach Belieben bewegen, abwesend, als würde ich in die Höhe steigen und in weite Fernen schauen, frei von jeder Beschränkung, als würde ich ziellos auf dem Meere treiben. Darum trage ich ein solches Äußeres zur Schau. Wenn er mich aber tatsächlich aufgrund meiner Aufgeräumtheit beglückwünscht, wer könnte dies akzeptieren? Der Zorn, der sich in lautem Lachen äußert, ist stärker als jener, der sich in aufgerissenen Augen zeigt; die Trauer, die in langen Gesängen liegt, ist tiefer als jene, die herzzerreißende Tränen vergießt. Woher will er wissen, daß meine Aufgeräumtheit nicht abgrundtiefer Trübsinn ist? Er möge lieber schweigen."

Die Himmelstheorie

Han Yu sprach zu Meister Liu: „Kennt er die Himmelstheorie? Ich erkläre ihm die Himmelstheorie: Wenn heute einer sehr krank ist oder Schmerzen hat, mit seinen Kräften am Ende ist oder schlimm gedemütigt wird, großen Hunger oder Kälte leidet, dann schaut er hoch und ruft zum Himmel: ‚Die dem Volk Schaden bringen, gedeihen, und die dem Volk helfen, trifft das Unglück!' Und noch einmal schaut er hoch und ruft: ‚Warum läßt du solche Willkür walten?' Wer sich so verhält, versteht den Himmel nicht. Wenn Obst und Gemüse, Getränke und Speisen verderben, wachsen Würmer darin; wenn Blut und Atem des Menschen ins Stocken geraten, bilden sich Furunkel und Geschwüre, Warzen und Geschwulste, Fisteln und Hämorrhoiden, und Würmer wachsen darin; wenn in verrottetem Holz Schädlinge nisten oder wenn aus verfaultem Gras Glühwürmchen schwärmen, geschieht dies etwa nicht als Folge des Verfalls? Wenn Dinge schlecht werden, entstehen Würmer darin. Als die Urkraft und das Yin und Yang schlecht wurden, entstand der Mensch darin. Durch das Gedeihen der Würmer verfallen die Dinge noch mehr, sie werden zerfressen, ausgehöhlt, und der Schaden, den die Dinge durch die Würmer nehmen, wird immer größer. Wer diese beseitigen kann, der nützt den Dingen. Wer sie sich ungestört vermehren läßt, ist der Feind der Dinge. Ebenso setzt der Mensch die Zerstörung der Urkraft und von Yin und Yang fort: Er gräbt den Boden um, holzt Bergwälder ab, bohrt Brunnen, um an Trinkwasser zu kommen, wirft Grabhügel auf, um seinen Toten das Geleit zu geben, schaufelt Löcher, um sich darüber zu entleeren, baut Mauern, Wälle und befestigte Städte, Terrassen, Pavillons und Türmchen als Ausflugsziele, legt Wasserwege, Bewässerungskanäle und Teiche an, entzündet Holz, um zu kochen, gewinnt Metalle, um sie zu schmelzen, dreht die Töpferscheibe und schnitzt Jade und schwächt dadurch Himmel, Erde und ihre zehntausend Dinge so, daß sie nicht ihr wahres Wesen erlangen können. Gierig und rücksichtslos treibt er ohne Unterlaß sein zerstörerisches Werk voran und stiftet Verderbnis und Aufruhr. Ist der Schaden, den er der Urkraft und Yin und Yang zufügt, nicht größer als das, was die Würmer anrichten? Ich bin der Meinung, wer es vermag, diese Menschen zu schädigen und ihren Einfluß von Tag zu Tag, von Jahr zu Jahr zu schmälern, sodaß der Schaden an der Urkraft und Yin und Yang abnimmt, der ist für Himmel und Erde von Nutzen; wer sie sich ungestört vermehren läßt, ist der Feind von Himmel und Erde. Weil heute niemand den Himmel versteht, darum flehen sie ihn an und beschweren sich bei ihm. Ich meine, wenn der Himmel ihre Rufe und Beschwerden hört, dann muß doch jener, der Nutzen stiftet, großen Lohn erhalten und jener, der Schaden stiftet, sich schwere Strafen zuziehen. Was meint der Meister zu meinen Worten?"

Meister Liu antwortete: „Der Meister muß wohl einen Beweggrund haben, um solch eine Theorie aufzustellen. Sie ist aber in der Tat raffiniert und schön! Ich kann seine Theorie vollenden. Was dort oben ist und undurchdringlich, wird Himmel genannt; was unten ist und gelb, wird Erde genannt; was sich trübe in der Mitte befindet, wird Urkraft genannt; was kalt oder heiß ist, wird Yin und Yang genannt. Obzwar diese groß sind, sind sie nicht verschieden von Früchten, Furunkeln, Bäumen oder Gräsern. Wenn es nun jemandem gelänge, diejenigen, die jene angreifen und aushöhlen, zu beseitigen, könnte er dann von diesen Dingen eine Belohnung erwarten? Und wer jene sich ungestört vermehren läßt, muß er mit ihrem Zorn rechnen? Die Welt ist eine große Frucht, die Urkraft ein großes Geschwür, Yin und Yang sind große Gewächse, wie könnten sie fähig sein, Nutzbringendes zu belohnen und Schädliches zu bestrafen? Wer nützt, der nützt um seiner selbst willen, wer schadet, der schadet um seiner selbst willen, dafür Lohn und Strafe zu erwarten, ist große Dummheit; zu rufen und zu schmähen und auf Trauer und Mitleid zu hoffen, ist noch größere Dummheit. Wenn der Meister nun an die eigene Mitmenschlichkeit und Gerechtigkeit glaubt und darin wandelt, von der Geburt bis zum Tode, wie kann er da Existenz und Vergehen, Gewinn und Verlust der Macht von Früchten, Furunkeln oder Pflanzen übertragen?"

Die Geschichte vom Schlangenfänger

In der Wildnis von Yongzhou lebt eine besondere Schlangenart mit schwarzem Körper und weißer Zeichnung. Gräser und Bäume, die mit ihr in Berührung gekommen sind, sterben ab. Wer von ihr gebissen wird, für den kommt jede Hilfe zu spät. Wenn man sie jedoch fängt und trocknet, läßt sie sich zu einem Präparat verarbeiten, welches Lepra, Arthritis, Skrofulose und bösartigen Geschwüren Einhalt gebieten, abgestorbenes Muskelgewebe beseitigen und die Drei Parasiten töten kann. Ursprünglich wurde sie von den Hofärzten auf kaiserlichen Befehl gesammelt, und zwar zweimal jährlich wie die Steuern. Es wurden Leute rekrutiert, die sich darauf verstanden, die Schlange zu fangen, welche sie dann anstelle des Steuerbetrags abliefern konnten. Die Bewohner von Yong rissen sich nur so um diese Gelegenheit.

Eine Familie Jiang profitiert nun schon seit drei Generationen als einzige davon. Ich erkundigte mich bei ihrem Oberhaupt, und er antwortete mir: „Mein Großvater hat dabei den Tod gefunden, mein Vater hat dabei den Tod gefunden, ich führe ihr Erbe nun seit zwölf Jahren fort und bin schon einige Male nur knapp dem Tod entronnen." Er sagte dies mit zutiefst bekümmerter Miene. Ich bedauerte ihn und sprach: „Es scheint wahrlich Gift für dich zu sein. Ich werde es dem Verantwortlichen berichten, damit er dich von diesem Dienst befreit und deine Steuerpflicht wieder in Kraft setzt, wie wäre das?"

Herr Jiang wurde noch betrübter und sagte mit Tränen in den Augen: „Der Herr möge Erbarmen mit mir haben und mir mein Leben lassen. Denn das Unglück meines Dienstes ist nicht so groß wie das Unglück meiner erneuten Steuerpflicht. Hätte ich diesen Dienst nicht gemacht, wäre ich schon längst am Ende meiner Kräfte. Seit meine Familie vor drei Generationen in diese Gegend zog, sind sechzig Jahre vergangen, in denen die Lebensumstände der Nachbarn immer drückender wurden. Der Ertrag ihrer Böden ist erschöpft, ihre privaten Einkünfte sind aufgebraucht. Schreiend und jammernd ziehen sie von Ort zu Ort. Ermattet vor Hunger und Durst taumeln sie zu Boden. Unwetter, Kälte und Hitze, von Seuchen vergiftete Luft tun ihr Übriges, daß die häufigen Toten kreuz und quer übereinanderliegen. Von jenen, die einst mit meinem Großvater wohnten, ist von zehn kaum noch eine Familie geblieben; von jenen, die mit meinem Vater wohnten, sind von zehn höchstens noch zwei oder drei geblieben; von jenen, die die letzten zwölf Jahre mit mir wohnten, sind von zehn gerade noch vier oder fünf geblieben. Sofern sie nicht gestorben sind, sind sie weggezogen, nur ich allein konnte dank der Schlangenfängerei weiterexistieren. Wenn die hinterhältigen Beamten in meine Heimat kommen, brüllen und toben sie in Ost und West herum, wüten in Süd und Nord und verbreiten solchen Lärm und Schrecken, daß nicht einmal mehr die Hühner und Hunde ihren Frieden haben. Voller Bedenken erhebe ich mich, werfe einen Blick in meine Töpfe, und solange meine Schlangen noch darin sind, kann ich mich beruhigt wieder hinlegen. Vorsichtig füttere ich sie, und zur gegebenen Zeit liefere ich sie ehrerbietigst ab. Dann ziehe ich mich zurück und erlabe mich an dem, was die Erde mir bietet. So koste ich meine Lebenszeit aus. Zwar begebe ich mich zweimal im Jahr in Todesgefahr, die übrige Zeit aber erfreuen wir uns glücklicher Tage. Kann ich mich da etwa mit meinen Nachbarn vergleichen, die jeden Tag derartigen Bedrohungen ausgesetzt sind? Selbst wenn ich hier und heute stürbe, wäre ich doch immer noch nach meinen Nachbarn gestorben, wie könnte ich also sagen, daß es Gift für mich sei?"

Als ich dies hörte, wurde ich noch trauriger. Konfuzius sagte: „Eine tyrannische Regierung ist grausamer als ein Tiger." Ich hatte diesbezüglich immer meine Zweifel, doch jetzt, wo mir die Familie Jiang die Augen geöffnet hat, muß ich es wohl glauben. Ach weh! Wer hätte gedacht, daß das Gift der Steuerabgaben stärker ist als das Gift dieser Schlange! Darum schrieb ich diese Geschichte nieder, auf daß sie dereinst anderen bei ihrer Betrachtung menschlicher Sitten dienen möge.

Die Geschichte vom Bären

Der Hirsch wird vom Luchs gefressen, der Luchs wird vom Tiger gefressen, der Tiger wird vom Bären gefressen. Die Gestalt des Bären ist zottig und aufrecht wie der Mensch, er verfügt über außerordentliche Kräfte und ist daher höchst gefährlich für den Menschen.

Im Süden von Chu gibt es Jäger, die sich darauf verstehen, auf Bambuspfeifen die Stimmen von hundert Tieren nachzuahmen. Man erzählt sich, daß einst einer mit Pfeil und Bogen sowie einem Tonkrug mit einem Feuerchen darin in die Berge aufgebrochen war. Dort imitierte er einen Hirsch, um dessen Artgenossen anzulocken, wartete, bis einer kam, ließ das Feuerchen aufflackern und erlegte ihn. Ein Luchs hatte den Hirsch gehört und kam herbeigesprungen. Der Mann erschrak und imitierte einen Tiger, um den Luchs davonzujagen. Der Luchs suchte das Weite, und der Tiger kam. Der Mann bekam es noch mehr mit der Angst zu tun und ahmte nun einen Bären nach. Auch der Tiger machte sich aus dem Staub. Ein Bär hatte es gehört und machte sich auf die Suche nach seinen Artgenossen. Als er sah, daß da nur ein Mensch war, packte er ihn, warf ihn zu Boden, zerriß ihn in Stücke und fraß ihn auf.

Darum wird keiner von denen, die sich heutzutage ohne innere Fähigkeiten auf Äußerlichkeiten verlassen, den Pranken des Bären entkommen.

Das Leben des Fuban

Der Fuban ist ein kleiner Käfer, der sich aufs Tragen von Lasten versteht. Alles was ihm im Weg liegt, ergreift er, ohne zu zögern, und trägt es erhobenen Kopfes davon. So wird die Last auf seinem Rücken immer schwerer, doch vermag ihn selbst völlige Erschöpfung nicht davon abzuhalten, weiterzumachen. Da sein Rücken ganz rauh ist, können die angesammelten Dinge nicht wieder herunterpurzeln, sodaß der Käfer am Ende strauchelt und nicht wieder auf die

Beine kommt. Die Menschen haben manchmal Mitleid mit ihm und befreien ihn von seiner Last. Doch kaum kann er wieder gehen, beginnt er von neuem mit seiner Sammelwut. Auch liebt er es, in die Höhe zu klettern, und geht dabei bis zum Äußersten seiner Kräfte. Zuletzt stürzt er hinab und findet den Tod.

Jene Raffgierigen von heute nun, die, wo immer sie auf Geld und Gut stoßen, niemals einen Bogen darum machen, sondern ständig ihren Besitz vermehren: Sie erkennen nicht, daß sie sich damit selbst Fesseln anlegen, und fürchten nur, zu wenig angesammelt zu haben. Wenn sie dann müde sind und stolpern, verlieren sie ihre Stellung, werden verbannt und bestraft und geraten so schon in ärgste Not. Doch kaum daß sie sich wieder erheben können, kennen sie wieder kein Halten mehr. Sie denken nur noch daran, ihre Stellung zu erhöhen, ihr Einkommen zu vergrößern, verfallen immer mehr der Habgier und kommen dem Abgrund immer näher, wo sie die vor ihnen Verendeten erblicken, die ihnen nie eine Warnung waren. Obwohl sie groß von Gestalt sind und Menschen geheißen werden, verfügen sie über die Intelligenz eines kleinen Käfers. Wenn das kein Grund zum Trauern ist!

Vom Trinken

Nachdem ich den Kleinen Hügel erworben hatte, ging ich am ersten Tag mit der Hacke ordnend zuwege und säuberte am zweiten das Gelände mit Wasser. Dann lud ich zum Trunk bei den Steinen am Bach. Die „Ochsen und Pferde an der Tränke", wie ich einige Felsen in der entsprechenden Aufzeichnung benannt hatte, dienten uns als Rückenlehne. Wir füllten die Becher, ließen sie auf dem Wasser treiben, nahmen sie entgegen und tranken. Dann bestimmten wir einen Aufseher und stellten folgende Regel auf: Die Trinkenden nehmen je drei Bambusschindeln von zehn Zoll Länge und werfen sie gegen den Strom ins Wasser. Wessen Schindeln weder in einen Wirbel geraten, noch an einem Fels hängenbleiben, noch auf den Grund sinken, der braucht nicht zu trinken. Geraten sie aber in einen Wirbel, bleiben stecken oder sinken, dann muß derjenige der Zahl der Schindeln entsprechend trinken. Kaum waren sie geworfen, wirbelten und glitten, tanzten und hüpften sie dahin, die einen schneller, andere zögerlich, manche trug es im Nu davon, andere kamen nicht vom Fleck. Über die Felsen gebeugt folgten wir ihnen mit aufmerksamen Blicken und spornten sie klatschend an. Wurden sie dann plötzlich davongetragen, war man fein raus. So mußten im Verlaufe des Spiels manche einmal, manche zweimal trinken, und als ein Gast namens Lou Tunan seine Schindeln warf, wurde eine in einen Wirbel gezogen, die zweite blieb stecken und die letzte sank. Als einziger mußte er dreimal trinken, womit er bei den übrigen großes Gelächter erntete. Da ich an Unterleibsgeschwüren leide, kann ich nicht viel trinken. Bei diesem Spiel aber wurde ich trotzdem betrunken. Später vereinfachten wir die Regeln und machten weiter bis tief in die Nacht hinein. Es kam uns gar nicht mehr in den Sinn, nach Hause zurückzukehren.

Ich habe gehört, daß es in alter Zeit unter den Trinkenden solche gab, die Wert auf Formen legten, einander umständlich begrüßten und mit hundert Verbeugungen gegenseitig zum Trinken aufforderten. Andere erachteten lautes Rufen, endlose Tänze und eine überbordende Atmosphäre für das Höchste. Wieder andere trugen splitterfasernackt zur Schau, wie frei sie sich fühlten. Es gab auch solche, die mit den Klängen von Schlagwerk, Saiten- und Blasinstrumenten Harmonie anstrebten, während wiederum andere einander im hitzigen Wettstreit näher kamen. Wir Heutigen nun möchten es anders halten als jene. Deshalb bleiben wir auch ohne hundert Verbeugungen gesittet, finden ohne lautes Rufen höchsten Genuß, fühlen uns frei, ohne nackt sein zu müssen, sind einträchtig ohne Musik und brauchen nicht um die Wette zu trinken, um uns näher zu kommen. In schlichter Gemeinsamkeit, ungezwungen, aber ohne respektlos zu werden, fröhlich und gelassen, sind wir im Einklang mit den Freuden, die die Landschaft bereitet, und veredeln unsere Herzen, ganz wie es uns gefällt. Ich schrieb diese Worte über das Trinken für die Menschen, die nach uns kommen.

Brief an Li Biaozhi Jian von der Hanlin-Akademie

Verehrtester Biaozhi,
der Bote des Landkreises ist gekommen und hat mir Deinen geschätzten Brief gebracht. Durch Mengde habe ich außerdem Deinen früheren Brief erhalten. Beide sind überaus liebenswürdig. Bei Zhuangzi heißt es: „Wer ins Dornengestrüpp geflohen ist und Schritte von Menschen hört, dem klopft das Herz vor Freude.“ Der ich unter den Barbaren weile und von Dir nacheinander zwei Briefe erhalte und Arznei noch dazu, wie fände ich da noch Worte für meine Freude? Seit dem achten Monat des vergangenen Jahres haben sich meine Unterleibsgeschwüre etwas beruhigt. Machten sie sich früher fast jeden Tag bemerkbar, so spüre ich sie jetzt nur noch zwei, drei Mal im Monat. Ich behandelte sie wie bei den Menschen des Südens üblich mit Arekapalme und Oliven,

doch war die befreiende Wirkung zu stark, sodaß die schlechte Yin-Energie zwar bezwungen wurde, doch auch die Lebenskraft bereits Schaden genommen hat. Beim Gehen zittern mir die Knie und beim Sitzen schmerzen mir die Oberschenkel. Nun benötige ich vitalisierende, blutbildende, den Bewegungsapparat stärkende und das Herz kräftigende Arzneien. Einiges, was dem förderlich ist, könnte ich noch gebrauchen, und Deine Rezepturen kommen mir da wie gerufen!

Yongzhou befindet sich im äußersten Süden von Chu und seine Topographie ähnelt derjenigen von Yue. Wenn ich bedrückt bin, mache ich Ausflüge, doch sobald ich unterwegs bin, gibt es wieder vieles zu fürchten. Beim Gang durch die Felder muß man sich vor Giftschlangen und Hornissen in acht nehmen, und es ist sehr ermüdend, bei jedem Schritt in die Luft und auf den Boden spähen zu müssen. Am Wasser stellen wiederum Speikäfer und Sandläuse eine Gefahr dar. Diese greifen im Zorn heimlich an, treffen Körper oder Schatten der Menschen und fügen ihnen häufig Wunden zu. Bisweilen erreiche ich schattige Bäume und schöne Felsen, die mir für einen Moment ein Lächeln entlocken. Doch bald darauf schwindet meine Freude wieder. Weshalb? Nimm zum Beispiel einen Gefangenen, der sich von einem Erdwall umgeben sieht: Sobald ihn ein Strahl der Frühlingssonne trifft, kratzt er sich den Rücken an der Mauer und streckt wohlig seine Glieder. Auch er wird diesen Augenblick als angenehm empfinden, doch wenn er dann zur Erde und in den Himmel schaut, nicht mehr als ein paar Ellen davon erblickt und erkennen muß, daß er hier nie wieder herauskommen wird, wie könnte er sich da noch länger behaglich fühlen? In leuchtender Zeit, wo die ganze Bevölkerung in den Genuß von Freuden kommt, muß ausgerechnet ich als Beamter, der viel weiß vom Regieren in alter und neuer Zeit, in diese trostlose Lage geraten! So bemitleide ich mich heimlich selbst, da ich in Zeiten des Friedens und Reichtums offenbar nicht zum Staatsdienst tauge und mein Dasein nicht einmal an jenes der einfachen Leute heranreicht.

Was mein Vergehen betrifft, so will ich nicht noch einmal alles darlegen, da Du damals ja auch im Verbotenen Bezirk weiltest und die ganze Geschichte aus nächster Nähe mitverfolgen konntest. Mittlerweile bin ich ein beschränkter Krüppel, der von Glück reden kann, daß er noch am Leben ist. Wenn ich nur unter unserem erleuchteten Herrscher Mensch sein dürfte, ohne mir Verdienste erwerben zu müssen: Mit verminderter Schuld näher zur Hauptstadt versetzt zu werden, wo ich das Feld pflügen und Hanf pflanzen, die Tochter eines alten Bauern zur Frau nehmen könnte, um Söhne zu zeugen und Enkel großzuziehen, die Arbeit leisten würden, damit ich Zeit hätte, zu schreiben und den großen Frieden zu besingen: Das ist alles, was ich mir wünsche. Wie es nach all dem Unglück um meine Kräfte steht, kannst Du Dir denken. Selbst wenn ich von meinen Krankheiten genesen und mein Körper seine Kraft wiedergewinnen sollte, werde ich nicht mehr länger als dreißig Jahre in dieser unwägbaren Menschenwelt zu Gast sein können. Die bereits vergangenen siebenunddreißig Jahre kommen wir vor wie ein Augenzwinkern, und daß die Zeit, die mir noch vergönnt ist, kein Vergnügen sein wird, ist mir schon längst klar. Ist es nicht so, Biaozhi?

Jüngst habe ich einige hundert Rollen Klassiker, Geschichtswerke und Schriften der verschiedenen Meister in die Hände bekommen. Wenn ich einigermaßen bei Kräften bin, lese ich darin, voller Bewunderung für die innere Stärke der Weisen und den unbestechlichen Willen der Edlen und Tugendhaften. Selbst habe ich auch ein paar Dutzend Stücke geschrieben, doch mein Herz ist krank und den Worten mangelt es an Ordnung. Sie sind es nicht wert, in die Ferne geschickt zu werden, und dienen mir nur dazu, meinen Kummer zu zerstreuen. Die Armut sei das Los des Gelehrten, heißt es, und mich plagen Hunger und Schwäche. Und doch ist es mir süß wie Sirup!

Du sagst, daß Du bereits Changzhou darum gebeten hast, sich meiner anzunehmen. Wie könnte ich es wagen, Changzhou wie einem gewöhnlichen Menschen zu begegnen? Wäre er ein gewöhnlicher Mensch, würde er sich nicht weiter um mich kümmern. Doch hat mir Changzhou noch nie einen Brief geschrieben, wie könnte ich da den ersten Schritt wagen? Bei Pei Yingshu und Xiao Siqian sind Briefe von mir, Du kannst sie bitten, sie Dir zum Lesen zu geben, aber niemand anders soll sie zu Gesicht bekommen. Guoshi ist als Berater in der Nähe des Kaisers, daher aber in seinem gesellschaftlichen Umgang eingeschränkt, weshalb ich ihm jetzt nicht schreiben kann. Du magst ihm heimlich diesen Brief zeigen und Dein Möglichstes tun, damit die Gesetze des Einen Herrscherhauses mir eine Milderung der Schuld gewähren. Genug der Worte. Zongyuan grüßt.

Han Yu (768–824)

Grabschrift für Liu Zihou [Liu Zongyuan]

Zihou hieß mit Geburtsnamen Zongyuan. Sein Vorvater in der siebten Generation mit Namen Liu Qing diente unter den Tuoba-Wei als Palastaufseher und wurde zum Lehnsfürsten von Jiyin ernannt. Sein Ururgroßonkel namens Liu Shi diente unter den Tang als Großrat, fiel zusammen mit Chu Suiliang und Han Yuan bei Kaiserin Wu in Ungnade und starb in der Regierungszeit Gaozongs. Sein ehrwürdiger Vater Liu Zhen verzichtete auf das Amt eines Gelehrten im kaiserlichen Amt für Opferzeremonien, um der Mutter zu dienen, und ersuchte um das Amt eines Distriktvorstehers südlich des Yangzi. Später verlor er die Stellung eines Zensors, da ihm die Fähigkeit fehlte, seinem Vorgesetzten zu schmeicheln. Erst nach dem Tode dieses Potentaten erhielt er wieder ein Amt als Vizezensor. Er hatte den Ruf, rechtschaffen und standhaft zu sein. Jene, die mit ihm verkehrten, waren alles berühmte Männer ihrer Zeit.

Zihou zeigte schon als Kind einen scharfen Verstand. Nichts gab es, das ihm verschlossen blieb. Als sein Vater starb, war er zwar noch in jugendlichem Alter, aber doch schon reif genug, um den *Jinshi*-Grad zu erlangen und sein Talent aufleuchten zu lassen, sodaß der „Sproß der Familie Liu" bald in aller Munde war. Später legte er die „Prüfung der umfassenden Gelehrtheit und Eloquenz" ab und erhielt daraufhin einen Posten als Korrektor in der kaiserlichen Akademie. Unerreicht in seinen Fähigkeiten, kühn und unbestechlich, untermauerte er in Diskussionen seine Äußerungen mit Beispielen aus alter und neuer Zeit, war in den Klassikern, Dynastiegeschichten und Hundert Philosophen bewandert wie kein anderer, und dank seiner glänzenden Redegewandtheit geschah es immer wieder, daß die Umsitzenden klein beigeben mußten. Sein Name wurde weithin bekannt, und plötzlich riß sich ein jeder darum, seine Bekanntschaft zu machen. Alle, die Rang und Namen hatten, wetteiferten darin, ihn als ihren Schützling durch die eigene Tür geleiten zu dürfen, und waren sich in ihrem Lob einig.

Im 19. Jahr der Ära Zhenyuan [803] wurde er vom Amt des Kommandanten von Lantian zum Untersuchungszensor befördert. Nachdem Shunzong auf den Thron gefolgt war, wurde er zum Vizedirektor des Ritenministeriums befördert. Da geschah es, daß diejenigen, die die Macht in Händen hielten, in Ungnade fielen und er mit ihnen als Präfekt aus der Hauptstadt gesandt wurde. Noch bevor sie ihren Bestimmungsort erreicht hatten, wurden alle noch einmal zu Provinzmarschallen degradiert. Er lebte in Muße, verwendete noch mehr Mühen auf seine Studien, widmete sich dem Aufzeichnen seiner Beobachtungen und verfaßte Gedichte und Prosaschriften – manche üppig und weitschweifend, andere verhalten und voll verborgenen Sinnes. Er vertiefte sein Wissen ins Grenzenlose und gab sich dem Genuß der Landschaft hin.

Während der Ära Yuanhe [806–820] wurde die ganze Gruppe nach Chang'an zurückgerufen, um sogleich wieder als Präfekte hinweggesandt zu werden. Zihou erhielt Liuzhou. Als er dort ankam, seufzte er: „Sollte es hier etwa nicht möglich sein, Mißstände in Ordnung zu bringen?" Aufgrund der lokalen Sitten stellte er Richtlinien und Verbote auf, denen die Einwohner der Präfektur bereitwillig folgten. Es herrschte dort die Unsitte, die eigenen Kinder zu verpfänden. Wurden sie nicht zum vereinbarten Zeitpunkt zurückgekauft, wurde der Zinsbetrag dem ursprünglichen Kapital gleichgesetzt, und sie wurden wohl oder übel zu Sklaven. Zihou fand Mittel und Wege und hieß sie alle zurückkaufen. Die besonders Armen, die dazu nicht in der Lage waren, ließ er ihre Dienste aufschreiben, und sobald der entsprechende Wert erreicht war, mußte die Geisel zurückgegeben werden. Der Gesandte des Inspektorats verbreitete die Methode auch in anderen Präfekturen, und nach einem Jahr waren rund tausend Personen von dieser Fron befreit. Jene aus dem Gebiet südlich des Heng-Gebirges und des Xiang-Flusses, die an der *Jinshi*-Prüfung teilnahmen, hatten alle Zihou zum Lehrer. Die Schriften jener, die Zihous Worte und Lehren erbten, sind allesamt wohlgeordnet und beachtenswert.

Liu Mengde Yuxi aus Zhongshan war auch unter denjenigen, die in die Hauptstadt zurückgerufen und wieder zu Präfekten ernannt wurden. Er hätte nach Bozhou gehen sollen. Zihou sagte unter Tränen: „Bozhou ist kein Ort zum Leben, zudem hat Mengde seine Nächsten im Hause. Ich kann die Not Mengdes, dem die Worte fehlen, es seiner Mutter zu erklären, nicht mitansehen. Es ist gegen jede Vernunft, daß Mutter und Sohn zusammen dorthin gehen müssen." Er reichte eine Bitte am Hof ein und ersuchte darum, Liuzhou gegen Bozhou einzutauschen. Auch wenn er damit noch mehr Schuld auf sich lud, bereute er es bis zum Tode nicht. Es traf sich, daß jemand Mengdes Angelegenheit bei Hofe vorbrachte, worauf Mengde zum Präfekten von Lianzhou umernannt wurde.

Ach! In der Not erst zeigen sich Integrität und Rechtschaffenheit eines Gelehrten. All jene, die heute in den Straßen müßig ihre Tage verbringen, sich gegenseitig bewundern und erfreuen, sich bei Speis und Trank gemeinsam vergnügen, einander unter gezwungenem Lachen und gekünstelten Worten geschäftig die Ehre erweisen, sich bei den Händen fassen und voreinander bis auf

Lunge und Leber entblößen, unter Tränen zur Sonne zeigen und auf Tod und Leben schwören, einander nie den Rücken zu kehren, in einer Aufrichtigkeit, daß man ihnen wahrlich glauben könnte, die aber, wenn es dann eines Tages um kleine Vor- und Nachteile geht – und mag nur die Breite eines Haares dazwischenliegen – die Augen verdrehen, als hätte man einander nie gekannt, und wenn einer in die Falle fällt, ihm nicht etwa eine rettende Hand hinstrekken, sondern ihn noch weiter hinabstoßen und Steine hinterherwerfen: Alle sind sie gleich. Nicht einmal wilde Tiere und Barbaren würden es über sich bringen, so zu handeln, doch diese Menschen halten sich dabei noch für gewitzt. Wem von ihnen Zihous Schicksal zu Ohren kommt, der möge sich ein wenig schämen!

In jungen Jahren setzte sich Zihou mutig für andere ein, ohne auf sich selbst Rücksicht zu nehmen, und weil er meinte, daß Verdienste sofort belohnt würden, mußte er in der Verbannung verharren. Einmal verbannt, hatte er wieder keinen Freund, in dessen Macht es stand, ihn an geeigneter Stelle zu empfehlen. Darum starb er in der Ödnis, ohne daß sein Talent der Welt zum Nutzen gereichte und sich sein Weg zur rechten Zeit entfalten konnte. Hätte Zihou während seiner Zeit in der Zentralregierung bereits jene Selbstbeherrschung geübt wie später als Marschall und Präfekt, dann wäre er nicht bestraft worden, und hätte er nach seiner Verurteilung jemanden gehabt, der sich für ihn stark gemacht hätte, dann wäre er sicher wieder eingesetzt und aus seiner Not befreit worden. Wäre aber Zihous Strafe nur von kurzer Dauer gewesen und seine Not nicht bis zum Äußersten gegangen, dann hätte er sich zwar über andere erhoben, daß aber seine Schriften sicher nicht die Kraft gehabt hätten, die Nachwelt zu erreichen, wie sie es heute mit Bestimmtheit tun, daran besteht kein Zweifel. Wenn sich dadurch auch Zihous Wünsche erfüllt hätten und er einige Zeit gewichtige Ämter hätte bekleiden können, so wird es sicher Leute geben, die in der Lage sind, das eine gegen das andere abzuwägen und zu beurteilen, was nun ein Verlust und was ein Gewinn bedeutet.

Zihou starb am achten Tag des elften Monats im Jahre 14 der Ära Yuanhe [819], im Alter von 46 Jahren. Am zehnten Tag des siebten Monats im Jahre 15 [820] wurde sein Leichnam nach Wannian ins Grab seiner Ahnen überführt. Zihou hinterläßt zwei Söhne: Der Ältere mit Namen Zhouliu ist erst vier Jahre alt, der jüngere mit Namen Zhouqi kam nach Zihous Tod zur Welt. Zwei Töchter sind ebenfalls noch im Kindesalter. Die Überführung wurde möglich dank dem Gesandten des Inspektorats Herrn Pei Xingli aus Hedong, der für sämtliche Kosten aufkam. Xingli ist ein integrer und ehrenwerter Mann, der sich an sein Wort hält. Er war mit Zihou befreundet. Zihou hatte auch alles für ihn getan und war nun zuletzt doch ganz auf dessen Hilfe angewiesen. Die Grablegung Zihous in Wannian wird von seinem Vetter mütterlicherseits Lu Zun vollzogen. Zun stammt aus Zhuo. Er ist ein behutsamer Mensch, der das Lernen nicht scheut. Seit Zihous Verbannung ist ihm Zun gefolgt, hat bei ihm gewohnt und ihn bis zu seinem Tod nicht verlassen. Nach der Grablegung Zihous wird er die häuslichen Angelegenheiten regeln. Er macht den Eindruck, daß er zu Ende bringt, was begonnen wurde. Die Grabinschrift lautet:

Dies ist Zihous Kammer, fest und sicher, zum Nutzen der Nachgeborenen.

Männliche Chinesen erhielten nach Erreichen der Volljährigkeit mit zwanzig Jahren einen zweiten Namen. Liu Zongyuans Mannesname war *Zihou*.

Das türkische Nomadenvolk der *Tuoba* (Tagbac) herrschte als Dynastie der *Wei* von 386–534 über Nordchina.

Kaiserin Wu Zetian (Wu Zhao, 624–705), die einzige Kaiserin in Chinas Geschichte, wird traditionell als Ausbund von Herrschsucht und Grausamkeit dargestellt. Sie gewann zusehends an Macht, nachdem sie 655 zur ersten Gattin des Kaisers Gaozong (reg. 649–683) geworden war. Angeblich hatte sie zuvor ihre Nebenbuhlerin umbringen lassen. Nach dem Tode Gaozongs nahm sie den Kaisertitel Zetian an und rief die kurzlebige Zhou-Dynastie (690–705) aus. Ihre Konkurrenten, die großen Aristokraten-Familien, ließ sie in großem Stil hinrichten, so auch den Ururgroßonkel Liu Zongyuans. Nach Kaiserin Wus Tod wurde die Tang-Dynastie (618–907) wiederhergestellt. Kaiserin Wu war es aber auch, die die Beamtenprüfung erstmals zum zentralen Mittel der Rekrutierung des Staatsapparats erhob.

Im Jahre 793 legte auch Liu Zongyuan erst zwanzigjährig die hauptstädtische Prüfung zum *Jinshi* erfolgreich ab. Seine anschließende Karriere war steil, aber kurz. Er schloß sich einer reformorientierten Gruppierung unter Führung von Wang Shuwen an, die im Jahre 805 nach dem Tode Kaiser Dezongs (reg. 780-805) den neuen Kaiser Shunzong (reg. 805) für ihre Pläne gewinnen konnte. Die Reformer ergriffen Maßnahmen gegen die Korruption, setzten den ausbeuterischen, beim Volk verhaßten Bürgermeister der Hauptstadt ab und entließen neunhundert Palastdamen. Konservativen Kräften gelang es jedoch schon nach kurzer Zeit, diese Bewegung wieder zu stoppen. Da Kaiser Shunzong wegen einer Krankheit sein Sprachvermögen verloren hatte, unterstellte man Wang Shuwen Usurpationsabsichten, und Shunzong wurde schon ein halbes Jahr nach seiner Inthronisation gezwungen, zugunsten seines Sohnes, Kaiser Xianzong (reg. 806–821) abzudanken. Wang Shuwen wurde noch im folgenden Jahr hingerichtet, seine Mitstreiter degradiert und verbannt. Liu Zongyuan mußte nach Yongzhou, wo er neun Jahre auf dem bedeutungslosen Posten eines Marschalls verbrachte. 815 wurde er kurz an den Hof zurückgerufen, nur um sogleich wieder als Präfekt nach Liuzhou hinweggeschickt zu werden, wo er vier Jahre später starb. Liuzhou lag zwar noch weiter südlich als Yongzhou, als Präfekt hatte Liu aber immerhin wieder eine gewichtigere Stellung inne.

Liu Mengde (*Liu Yuxi*, 772–842), ebenfalls ein großer Dichter seiner Zeit, hatte zusammen mit Liu Zongyuan die Beamtenprüfung absolviert und blieb ein Leben lang mit ihm befreundet. Er war es auch, der nach Liu Zongyuans Tod dessen Schriften sammelte und edierte.

Bozhou befand sich im äußersten Südwesten des Reiches (in der heutigen Provinz Guizhou), der häufig von Aufständen örtlicher Volksgruppen erschüttert und von Überfällen benachbarter Völker heimgesucht wurde. *Lianzhou* (etwa 150 km nördlich von Kanton) war zwar ähnlich weit von der Hauptstadt entfernt, galt aber als weniger gefährlich.

Katharina Wagenbach-Wolff, Carmerstraße 10, 10623 Berlin.
 Gesetzt in der Perpetua-Antiqua von Harald Weller, Berlin.
Den Druck besorgte die Druckerei Gerike, Berlin,
die Buchbindearbeiten Lüderitz & Bauer classic, Berlin.
Printed in Germany ISBN 3-932109-45-7